नारी शक्ति

काली

Published in 2012 by

An imprint of Om Books International

Corporate & Editorial Office
A 12, Sector 64, Noida 201 301
Uttar Pradesh, India
Phone: +91 120 477 4100

Email: editorial@ombooks.com
Website: www.ombooksinternational.com

Sales Office
4379/4B, Prakash House, Ansari Road
Darya Ganj, New Delhi 110 002, India
Phone: +91 11 2326 3363, 2326 5303
Fax: +91 11 2327 8091
Email: sales@ombooks.com

Research and Content: Anirban Sarkar
Design and Illustration: Partha Pratim Das, Judhajit Sengupta

ISBN: 978-93-81607-21-3

Printed in China

10 9 8 7 6 5 4 3 2 1

विषय सूची

काली का जन्म

कई साल पहले, शुंभ और निशुंभ नाम के दो दुष्ट भाई रहते थे। वे दोनों पुष्कर नामक पवित्र स्थान पर तपस्या करने गए। वह जगह बहुत शांतिपूर्ण थी और उन लोगों को बाधा पहुँचाने वाला वहाँ कोई नहीं था।

उन्होंने दस हजार वर्षों तक तपस्या की। तब, एक दिन, ब्रह्मा उनके सामने प्रकट हुए। हिंदू पौराणिक कथाओं में ब्रह्मा को पृथ्वी पर सभी जीवों की रचना करने वाला देवता माना जाता है।

"ब्रह्मा जी, हमें ऐसा वरदान देने की कृपा करें कि हमें कोई भी देवता, मनुष्य या राक्षस किसी भी तरह से मार न सके," दोनों भाइयों ने प्रार्थना की।

भगवान ब्रह्मा उनकी भक्ति और धैर्य से काफी प्रसन्न हुए और बोले, "तथास्तु, ऐसा ही होगा।"

हालाँकि उस समय तक ब्रह्मा को यह अनुमान नहीं था कि वे दोनों भाई कितने दुष्ट हैं।

शुंभ और निशुंभ के पास अब महान शक्ति आ गई थी! वे अब तीनों जगत– स्वर्ग, पृथ्वी और पाताल पर विजय पाना चाहते थे। जो भी उनके रास्ते में आता, वे उसे मार डालते, लेकिन उन्हें कोई नहीं मार पाता क्योंकि उन्हें ब्रह्मा का वरदान प्राप्त था।

शुंभ ने अपने आपको राजा घोषित कर दिया और निशुंभ उसका मंत्री बन गया।

बहुत सारे अन्य असुर भी उनके साथ आ गए।

उन्होंने एक मजबूत सेना बना ली और लूट–पाट तथा हत्याएँ शुरू कर दीं। शुंभ और निशुंभ के नेतृत्व में वे लोग भारी विनाश करने लगे।

सारे देवता मिलकर विचार करने लगे।

"हमें उन्हें रोकना ही होगा," एक देवता ने कहा।

"लेकिन कैसे?" एक अन्य देवता ने कहा।

सारे चिंतित देवता हिमालय पर्वत की ओर चल पड़े, जहाँ देवी दुर्गा रहती थीं।

जब देवगण सबसे शक्तिशाली भारतीय देवी दुर्गा के पास पहुँचे, तब वो गंगा नदी में पूजा कर रही थीं।

जब देवताओं ने उन्हें दोनों दुष्ट भाइयों की विनाश–लीला के बारे में बताया, तो वो बहुत क्रोधित हुईं।

दुर्गा के क्रोध की कोई सीमा नहीं थी। उनके चेहरे पर इतना अधिक क्रोध आया कि उनकी भौंहों से विनाश की देवी महान काली प्रकट हो गईं।

अंधकार की देवी काली के एक हाथ में तलवार और दूसरे में फरसा रहता था। उनके चार हाथ थे, सुंदर और बड़ी–बड़ी आँखें थीं, जो सूरज के समान चमकीली थीं।

लड़ाई का आरंभ

शुंभ और निशुंभ के दो निष्ठावान सेनापति थे, जिनके नाम चंड और मुंड थे। एक दिन, जब उन्होंने काली को देखा, तो सोचने लगे, "अरे, वह कितनी सुंदर है! उसके बारे में हमें अपने महाराज को बताना चाहिए। राजा शुंभ को उससे विवाह करना चाहिए।"

चंड और मुंड ने शुंभ को काली और उसकी सुंदरता के बारे में बताया। शुंभ ने तुरंत ही अपने दूत को काली के दरबार में भेजा। जब लोगों ने काली को शुंभ के इरादों के बारे में बताया, तो वह मुस्कराने लगीं और बोलीं, "मैं केवल उसी से विवाह करूँगी, जो मुझे लड़ाई में हरा देगा।"

जब दोनों भाइयों को यह पता चला तो वे क्रोध में चिल्लाने लगे, "उसे किसी भी तरह से पकड़कर लाओ। हम उसे सबक सिखाएँगे!"

शुंभ ने क्रोध में आकर अपने दाँत किटकिटाए और बोला, "मेरी शक्ति के बारे में संदेह करने का उसका साहस कैसे हुआ! उसे दंड मिलना ही चाहिए।"

दोनों दुष्ट भाइयों ने धूम्रलोचन नाम के विशाल दानव को बुलाया। धूम्रलोचन का शरीर धुएँ से बना हुआ था। उसकी आँखें काजल से बनी हुई थीं। वह साठ हजार दानवों की सेना लेकर काली को बंदी बनाने और दरबार में लाने के लिए चल पड़ा।

भयानक दानव काली के निवास पर पहुँचे, लेकिन वह बिलकुल भी भयभीत नहीं हुई। देवी ने उनकी ओर अपनी सुंदर चमकती आँखें उठाकर उनको देखा और मुँह से आग की लपट निकाल दी।

काली ने धूम्रलोचन को जीवित ही जला दिया। तेज हवा उसके जले हुए शरीर को दूर उड़ा ले गई।

काली बहुत तेज और गुस्सैल शेर पर सवार हुई। दानवों के समूह को देखकर शेर भी तुरंत हरकत में आ गया।

दानवों ने युद्ध की सारी चालें आजमाकर देख लीं, लेकिन शेर एक–एक करके सभी की गरदन दबोचता और मारता जाता।

एक–एक करके उसने सभी को मार डाला।

जो थोड़े–बहुत दानव शेर के गुस्से से बच गए, वे सब अपनी जान बचाकर भागे।

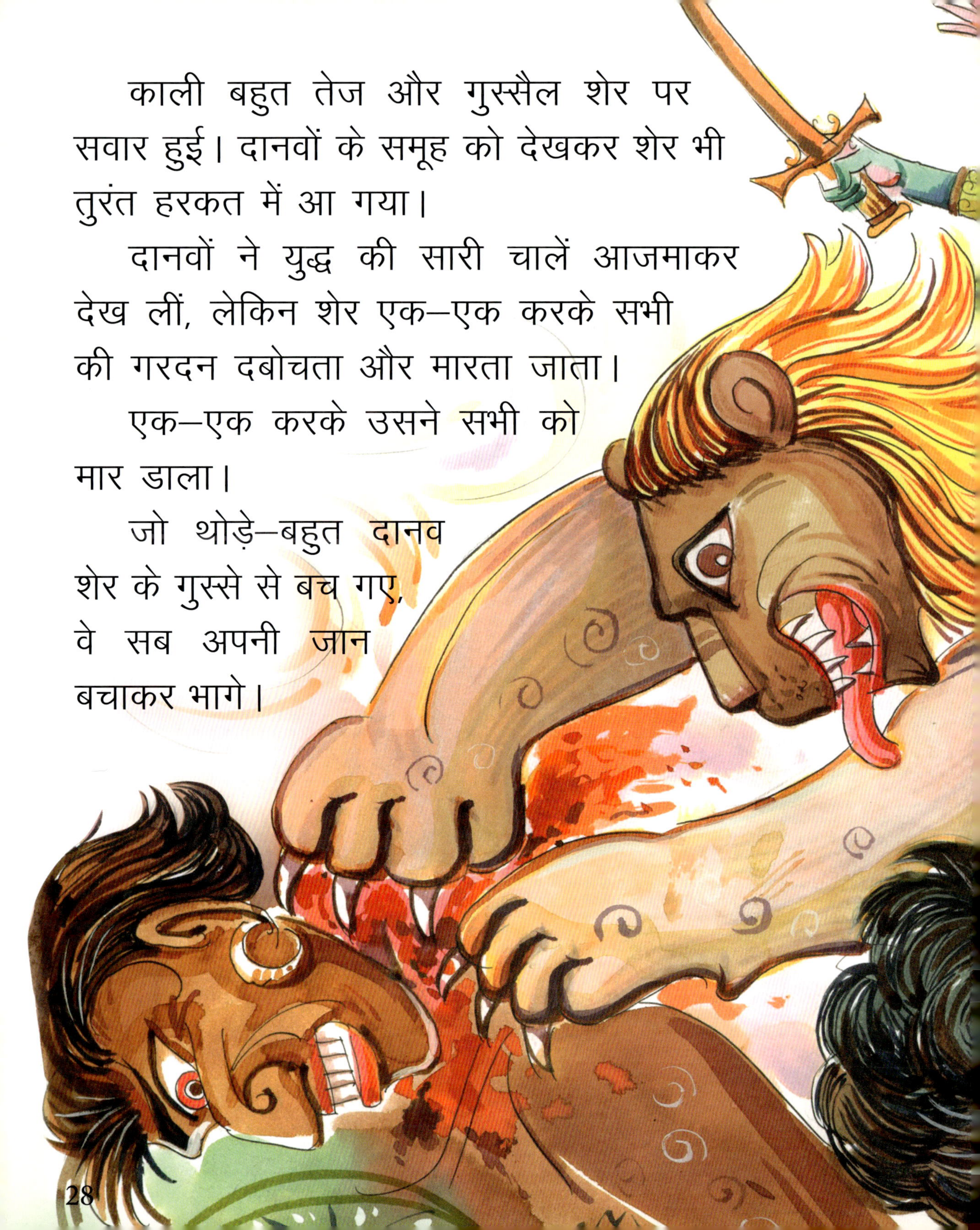

अपने सबसे शक्तिशाली साथी की हार देखकर शुंभ ने अपने निष्ठावान सेनापति मुंड को दरबार में बुलाया।

"तुम लोगों ने ही सबसे पहले उस महिला को देखा था, जो दानवों की तरह लड़ती है! तुरंत जाओ और उसे यहाँ लेकर आओ।" चंड और मुंड तुरंत लपककर अपने–अपने घोड़ों पर सवार हो गए। उनका युद्धघोष हर तरफ गूँजने लगा।

सभी दानव अपने–अपने घरों से निकल आए और उनके साथ चल पड़े।

भयानक हथियार चमकने लगे। नुकीले भाले, भारी–भारी गदे और चमकीली तलवारें धूप में चौंधियाने लगीं। चंड और मुंड के घोड़े बिजली की गति से आगे बढ़ चले। हर तरफ धूल ही धूल उड़ने लगी। काली के निवास पर जाकर वे गुस्से में उलटा–सीधा बकने लगे।

दानवों की सेना को देख, काली ने अपने शरीर से एक अन्य योद्धा देवी प्रकट कर दी। एक क्रोधित और हिंसक देवी उसके माथे से प्रकट हुई। वह बाघ की खाल पहने थी। हाथ में तलवार, खटवांग और फरसा था। खटवांग एक शक्तिशाली अस्त्र होता है, जिसे शंकर भगवान प्रयोग किया करते थे।

यह योद्धा देवी असुरों पर झपट पड़ी। उसके लहराते बाल तूफान पैदा कर रहे थे। क्रोध से भरी उसकी आँखें और तेज आक्रमण देखकर असुर भयभीत होने लगे। इन लोगों ने पहले कभी किसी महिला को इस तरह योद्धा की भूमिका में नहीं देखा था।

असुर स्तब्ध होकर एक जगह खड़े के खड़े रह गए। चंड उन्हें देखकर चिल्लाया, "अरे मूर्खो, क्या देख रहे हो! यह वो नहीं है, जिसे हम बंदी बनाने आए हैं। इसे मार डालो! और दूसरी वाली को बंदी बना लो।" यह सुनकर असुरों को फिर से होश आया।

सभी असुर चीखते–चिल्लाते हुए नई ताकत के साथ हमला करने में जुट गए। पूरी दुनिया थरथराने लगी, लेकिन शक्तिशाली देवी शानदार तरीके से लड़ती रही। उसने अपना फरसा असुरों पर फेंका और एक के बाद एक उन्हें मौत के घाट उतारने लगी। कई असुरों को उसने अपने खटवांग से मार डाला और कई के सीने में अपनी तलवार घोंप दी।

सैकड़ों–हजारों भयानक असुर मौत की नींद सो गए। उनके विशाल शव एक के बाद एक जमीन पर गिर गए। कई असुर अपंग हो गए और कई मैदान छोड़कर भाग गए।

खतरे को महसूस कर, चंड और मुंड ने भी भाग निकलने की कोशिश की। योद्धा देवी उन पर झपटी और अपने दोनों हाथों से उन दोनों की गरदनें पकड़ लीं और दोनों के सिर आपस में टकरा दिए। इसके बाद उसने दोनों को एक रस्सी से बाँधा और काली के पैरों में लाकर पटक दिया।

"दोनों के सिर काट दो!" क्रोधित काली ने आदेश दिया।

योद्धा देवी ने काली के आदेश का पालन किया और एक ही झटके में दोनों के सिर धड़ों से अलग कर दिए। इस प्रकार, काली से प्रकट हुई नई देवी ने चंड और मुंड का वध कर दिया और वह चामुंडा कहलाने लगी।

दुर्गा ने काली को और काली ने चामुंडा को उत्पन्न किया था। दोनों ही एक ही देवी, दुर्गा का अंश हैं।

शुंभ ने इसके बाद काली को मारने के लिए एक और योद्धा दानव रक्तबीज को भेजा। रक्तबीज को मार पाना असंभव था। उसके शरीर से निकलने वाले खून की हर बूँद जब धरती पर गिरती तो उससे नया दानव पैदा हो जाता था!

काली और रक्तबीज के बीच भीषण लड़ाई हुई। उनकी तलवारें टकराईं। दोनों हाँफने लगे। दोनों के हाथ बराबर चपलता से चल रहे थे। हर बार काली रक्तबीज को तलवार से घायल कर देती और उसके शरीर से खून बहने लगता। उसके शरीर से निकले खून की हर बूँद जमीन पर गिरकर एक नए दानव को पैदा कर देती। काली ने एक सिरे से सबको मारना शुरू कर दिया।

एक–एक करके वह सभी दानवों को मारती जाती, लेकिन दानव खत्म होने का नाम ही नहीं लेते थे।

बहादुर देवी की बेचैनी देखकर रक्तबीज प्रसन्न होने लगा।

जब काली थकने लगी तो उसने एक योजना बनाई। काली ने चामुंडा को आदेश दिया कि वह अपना पूरा मुँह खोले और रक्तबीज के खून की हर बूँद को धरती पर गिरने से पहले ही गटक जाए।

चामुंडा ने अपने जबड़े फैला दिए और वैसा ही करने लगी, जैसा काली ने कहा था।

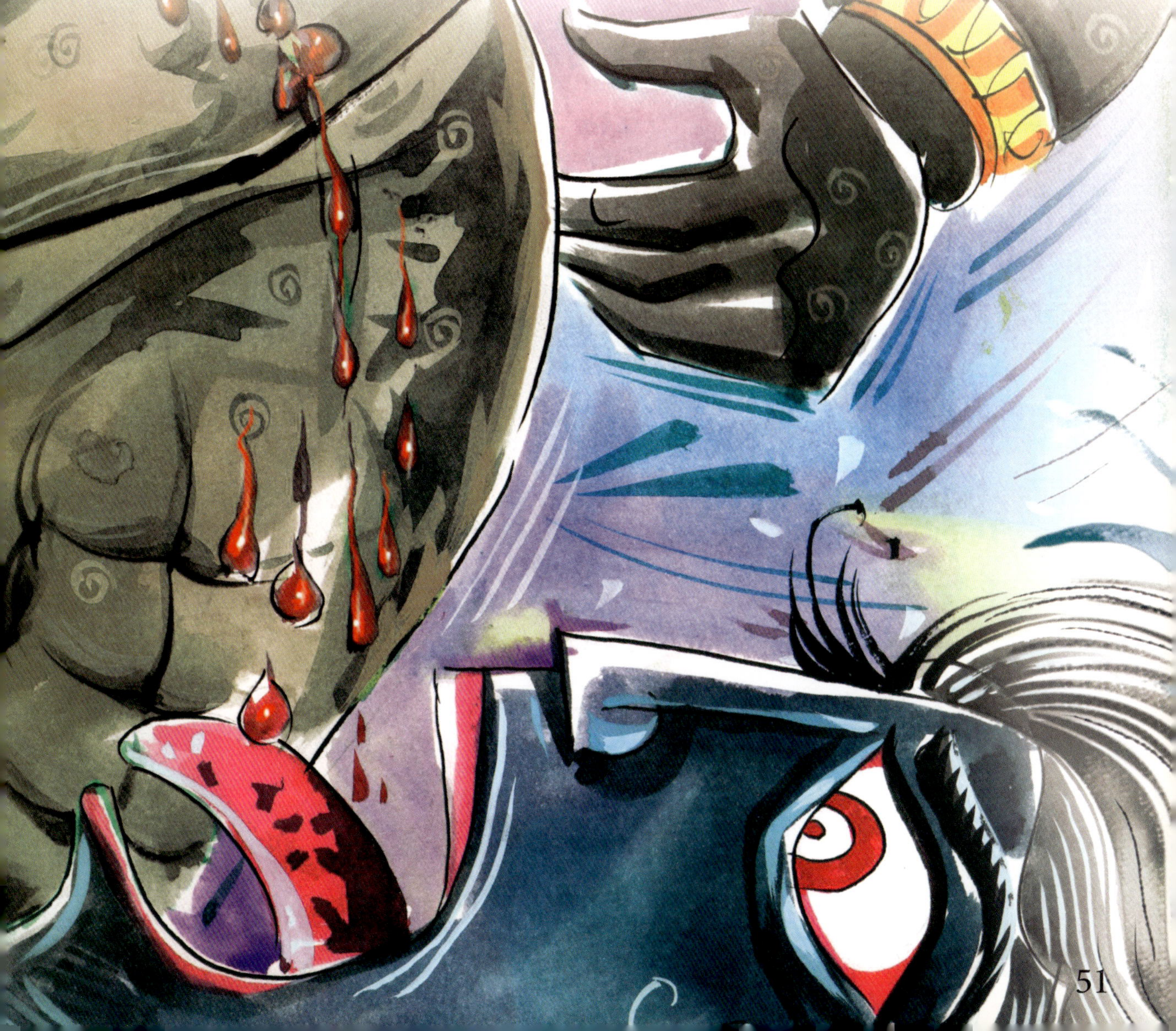

रक्तबीज काली की नई चाल को देखकर हैरान रह गया। वह क्रोध से पागल हो गया।

उसने अपनी मुट्ठियाँ भींचीं और पूरी शक्ति से काली की ओर झपटा। उसके शरीर से जगह–जगह से भारी खून निकल रहा था।

काली ने उस पर तलवार से लगातार कई बार वार किए। चामुंडा रक्तबीज के खून की एक भी बूँद को धरती पर नहीं गिरने देती।

धीरे–धीरे, रक्तबीज परास्त होने लगा। अब और कोई नया दानव पैदा नहीं हो पा रहा था। रक्तबीज कमजोर होता गया और मर गया।

शुंभ–निशुंभ ने जब काली की जीत के बारे में सुना तो उन्हें अपने कानों पर विश्वास ही नहीं हुआ। वे अपने सिंहासनों से उछल पड़े और गुस्से से चिल्लाए।

"हमारे सभी शक्तिशाली सैनिको, तुरंत आओ। आक्रमण कर दो!"

इस बार शुंभ–निशुंभ ने स्वयं ही सेना का नेतृत्व किया। "मैं उसे छोड़ूँगा नहीं," निशुंभ हवा में मुट्ठियाँ लहराते हुए पागलों की तरह चिल्लाते हुए बोला।

निर्णायक लड़ाई

शुंभ और निशुंभ, दोनों बड़े ही कुशल योद्धा थे। उन्हें ब्रह्मा का वरदान मिला हुआ था, इसलिए वे बहुत शक्तिशाली भी थे।

काली के लिए यह अंतिम और सबसे कठिन लड़ाई थी। वह पहले की ही तरह, चामुंडा को साथ में लेकर झपट पड़ी। जल्द ही, उन्होंने असुरों के सभी सैनिकों और सेनापतियों को मार डाला।

निशुंभ आगे बढ़ा और काली पर आक्रमण कर दिया। शक्तिशाली असुर काली से अधिक मजबूत साबित हुआ। काली ने सभी देवताओं का आह्वान किया और उनसे सहायता की माँग की।

स्वर्ग में बैठे इस लड़ाई को देख रहे देवताओं ने अपनी–अपनी शक्तियाँ और सिद्धियाँ इकट्ठा कीं और काली को दे दीं।

ब्रह्मा ने अपनी ब्राह्मणी नामक शक्ति उसके पास भेजी। हंस इस शक्ति को लेकर गया। शिव ने अपने नंदी बैल के जरिए महेश्वरी नामक शक्ति भेजी। कार्तिकेय ने अपने मोर के जरिए अपनी शक्ति भेजी।

वैष्णवी ने अपनी शक्ति गरुड़ के जरिए भेजी। इंद्र की शक्ति ऐरावत नामक हाथी के जरिए पहुँची।

सभी देवताओं की मिली–जुली शक्तियों ने दानवों पर आक्रमण कर दिया। उनकी लाशें एक के बाद एक जमीन पर गिरने लगीं। पूरे मैदान में धूल उड़ने लगी।

निशुंभ ने काली पर आक्रमण जारी रखा। संयुक्त ताकत असुरों की सेना का बचाव कर रही थी, जबकि काली पूरी ताकत निशुंभ पर लगाए थी। निशुंभ ब्रह्मा के वरदान के कारण सुरक्षित महसूस कर रहा था। हालाँकि, इसमें एक पेंच था। ब्रह्मा का वरदान उसे सिर्फ पुरुषों की शक्ति से बचा सकता था। ब्रह्मा ने वरदान देते समय नारी का जिक्र नहीं किया था।

काली ने निशुंभ पर बलपूर्वक आक्रमण किया और अपनी तलवार उसके सीने में घोंप दी। इस प्रकार, उसने निशुंभ का वध कर दिया।

क्रोध और दुख में पागल होकर असुरराज शुंभ ने इस बार स्वयं ही देवी पर आक्रमण किया। घंटों लड़ाई चलती रही।

दोनों ही बहादुर और कुशल थे। कोई भी पराजय स्वीकार करने को तैयार नहीं था। शुंभ बोला, "तू अपने को बहुत

बहादुर समझती है! तो फिर इन सारे देवताओं की शक्तियाँ मुझसे लड़ने में क्यों इस्तेमाल कर रही है?"

काली ने मुस्कराकर जवाब दिया, "ये सब मेरा ही अंश हैं। ये सब मेरे अंदर ही समा सकती हैं।"

जैसे ही उसने यह कहा, वैसे ही सभी शक्तियाँ अदृश्य हो गईं।

शुंभ ने देवी का हाथ पकड़ा और उसे हवा में उछाल दिया। काफी देर तक दोनों आसमान में ही लड़ते रहे।

जब उनकी तलवारें टकराईं तो एकदम चकाचौंध कर देने वाली बिजली पैदा हुई। पृथ्वी पर रहने वाले मनुष्य अपने–अपने घरों से निकल आए और ऊपर देखने लगे।

शुंभ को लगने लगा था कि काली अब थकने लगी है और जल्द ही हार मान जाएगी। हालाँकि, काली के पास अपार शक्ति थी और वह इस दुष्ट असुर के सामने घुटने टेकने वाली नहीं थी। उसने एक क्षण रुककर सोचा कि वह किसी तरह से शुंभ के बाल पकड़ ले।

आखिरकार, शुंभ के बाल उसकी पकड़ में

आ ही गए और उसने शुंभ को हवा में लहराना शुरू कर दिया। वह निरंतर बिना रुके शुंभ को हवा में घुमाने लगी। शुंभ को उस पर आक्रमण करने का कोई अवसर नहीं मिल पा रहा था।

शुंभ हाँफने लगा।

शुंभ को शक्तिहीन होते देख, काली ने उसे आसमान से नीचे गिरा दिया। शुंभ धड़ाम से धरती पर गिरा और उसने दम तोड़ दिया।

कुछ अन्य दानव अब भी बचे हुए थे। वे जान बचाकर मैदान से भाग खड़े हुए।

वे पाताल की ओर भागे और गुफाओं तथा तहखानों में छिप गए। वे अपने राजा की मृत्यु पर रोने–विलापने लगे। उनका खेल खत्म हो चुका था।

शुंभ का वध करने के बाद काली विजय की प्रसन्नता में नृत्य करने लगी। उसके पैरों की थाप से हर कहीं तूफान आने लगा।

स्वर्ग, पृथ्वी और पाताल, तीनों लोक काँपने लगे। यहाँ तक कि देवता भी डर के मारे थरथराने लगे! शिव ने काली से रुकने को कहा लेकिन वह नहीं मानी।

अंत में, शिव काली के चरणों में मृत व्यक्ति के समान—एक पत्थर की तरह निष्प्राण से होकर लेट गए।

अपने उत्साह में, काली के पैर भगवान शिव पर पड़ गए! ऐसा होते ही वह होश में आ गई।

उसकी लज्जा की सीमा न रही। लज्जा के मारे उसकी जीभ बाहर निकल आई और लटककर रह गई।

सब कुछ फिर से शांत हो गया। दुनिया फिर से व्यवस्थित हो गई तो पृथ्वी पर रहने वाले मनुष्यों और स्वर्ग में रहने वाले देवताओं ने चौन की साँस ली।

TITLES IN THIS SERIES

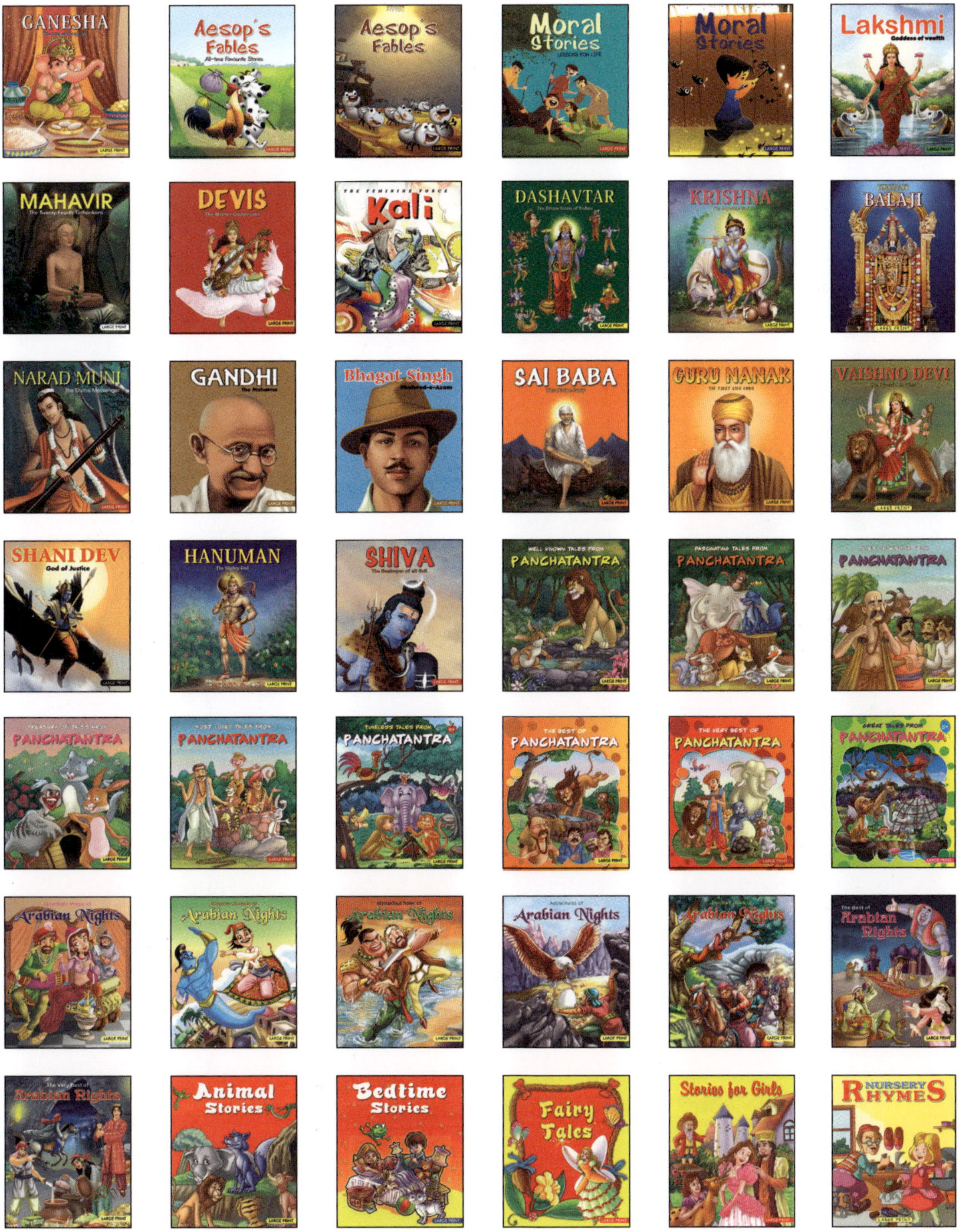